This is haunting! これぞ心に残る!

中岡 俊明
Nakaoka Toshiaki

風詠社

目　次

This is haunting!（これぞ心に残る！）

（3つの出逢い）　9
（5月7日）　10
（6月29日）　11
（A Day）　12
（IF）　13
（アダージョ　Ⅰ）　14
（アダージョ　Ⅱ）　15
（あなたへ）　16
（アナロジー）　17
（『イニシェリン島の精霊』を観て）　18
（ヴィスコンティへのオマージュ）　19
（カラス）　20
（グレイトライフ　1）　22
（グレイトライフ　2）　23
（グレイトライフ　3）　25
（コイン）　26
（ゴーギャンの遺言）　27
（ゴッホの愛）　28
（シンギュラリティ）　29
（シンクロニシティ）　30
（チョウバエの冒険）　31
（ハエトリグモ）　33
（バブル）　34
（ブラームスの手紙）　35
（ボキャブラリー）　36
（ホモサピエンス）　37
（マイワード）　38
（ロップス先生の教え）　39
（愛）　40
（愛しきもの）　41
（愛の調べ）　42
（マエストロ）　44

（愛撫　１）　45
（愛撫　２）　46
（握手）　47
（「異次元」の少子化対策）　48
（宇宙）　50
（雨と月）　51
（永遠）　52
（加太で拾った2個の石）　53
（皆既月食）　54
（革命）　56
（観音さま）　57
（奇跡　Ⅰ）　58
（奇跡　Ⅱ）　59
（恐怖！）　60
（警鐘！）　61
（血）　62
（月の光　１）　63
（月の光　２）　64
（幸せ）　65
（高野）　66
（高野の奇跡）　67
（今を生きる）　69
（再会）　70
（最後のピース）　71
（春陽）　73
（順子ちゃんを偲んで）　75
（象徴）　76
（心の灯）　77
（真言）　79
（真実　１）　80
（真実　２）　81
（神）　82

（神仏に託すこと） 83
（神林） 84
（進歩？　変革） 85
（人差し指） 86
（人生の目標） 87
（人生はコイン！） 88
（水になれ！） 89
（杉原千畝は花） 90
（世界は一つ） 91
（生かされている！） 92
（生命＝水） 93
（赤ん坊） 94
（雪） 95
（雪だるま） 96
（戦争） 97
（属国） 98
（存在） 99
（太極図） 100
（対話　1） 101
（対話　2） 102
（大海の何たるかを知らず） 104
（大日如来） 105
（第2の敗戦） 106
（天神の海） 107
（天命を知る） 108
（都道府県別文化指数） 109
（南部の磯部にて） 110
（2度目の収穫） 111
（浜の真砂） 112
（不老不死） 113
（夫婦烏） 114
（浮老浮死／ふ老ふ死／ふろうふし） 115

（平和の秘訣）　116
（歩く）　117
（本物）　118
（夢　1）　120
（夢　2）　121
（名前！）　123
（命の長さランキング）　124
（勿体ない）　125
（夜空）　126
（予言）　127
（落穂ひろい）　128
（流れ星）　129
（量的変化から質的変化へ）　130
（鈴木大拙の言葉）　132
（歴史）　133

装幀　2DAY

（3つの出逢い）

愛しいあなたと出逢えたこと
私のファンになってくれる人と出逢えたこと
私がファンになれる人と出逢えたこと

（5月7日）

5月7日はクラシック音楽界の特異日だ
第九の初演（1824）
ブラームスの誕生日（1833）
チャイコフスキーの誕生日（1840）
200年後の我々は天才たちが作った
宝物を体験することが出来る
さて我々は200年後の人々に何を残すのだろうか？

（6月29日）

見たこともない大きなカラス
晴れているのに雨が降る
ビートルズのイエローサブマリンが流れる
ポニーテールの少女が大きな紙袋を持って
さ迷い歩く

（A Day）

夜明け前　東の空に　ヴィーナスのような星
それは彗星だった
もっと観たかった
この願いが届いたのか　３時すぎ
ブルーのキャンバスに立派な入道雲が現れ
遠い雷鳴
そして虹が現れた
大きな虹の山だった

（IF）

ウッドロー・ウイルソンがスペイン風邪に
かからなかったら
第二次世界大戦は起こらなかったかもしれない

（アダージョ　Ⅰ）

アサギマダラはフジバカマの上を飛んでいく
てふてふ　てふてふ
とんびがグライダーのように滑空する
てふてふ　てふてふ
ハングライダーが風をうけて気持ちよさそう
てふてふ　てふてふ

（アダージョ　Ⅱ）

宴のあと　荒々しい呼吸　胸のうねり　光る汗
二人はまどろむ　手と手をからめ
水の世界へと旅立つ　生命の海
水から顔をのぞかすと　虹の雲
粒子となって　吸い込まれて虹となる
キラキラ　キラキラ輝いて
ハラハラ　ハラハラ生命の海に
還っていく
昔から覚めた二人は微笑んで口づけをする

（あなたへ）

あなたは1250年前この世に生を受け
室戸の海と天空に囲まれて如来となられ
最後は高野の森となり　往古来今の
無数の魂を救済された

あなたは宇宙が生まれるはるか昔から
遍く存在し　銀河を創り　地球をうみ
われわれ人類も創造された
生命《いのち》の故郷　悠久の古から続く命の連鎖
愚かな我々を許したまえ

（アナロジー）

時間＋3次元→4次元（グレイトライフ）

海水＋海の生物→海

ダークマター、ダークエネルギー＋銀河（星）→宇宙

（『イニシェリン島の精霊』を観て）

人類は宗教で育ち、宗教で滅ぶ

（ヴィスコンティへのオマージュ）

老作曲家グスタフは美少年タッジオを愛し
独りベニスに死す
私はわらめに恋し
紀泉台に死す

（カラス）

我々は街中で黒い大きな鳥を見ると「カラス」と言う。
しかし、本当は単なる「カラス」ではなく名前がある。
「ハシボソガラス」と「ハシブトガラス」
嘴の形で2種類に分けられている。我々はカラスでさえ
何も知らない。十把一絡げにして「カラス」と言う。
事程左様に、どんなことも殆ど何も知らない。
COVID19の猛威により我々は改めてウイルスの恐さを知る。
けれども我々の体の中に無数のウイルスが住み我々を
助けていることは分からない。
森の土の中に数えきれないバクテリアやウイルスが居て
森を支えていることを大方の人は知らない。
眼に見えるものも眼に見えないものも、みんなで作っている

ことを知らない。

そんな人々には宇宙の95％が実は眼に見えない物質だという事を想像すら出来ないだろう！

（グレイトライフ　1）

海はグレイトライフ
森はグレイトライフ
空はグレイトライフ
人体は60兆個の細胞の集まり。1つ1つがグレイトライフ
全体がグレイトライフ
グレイトライフは光だ

（グレイトライフ　2）

友人のO氏が麻雀友達にこんなことを言われたそうだ。

「Oちゃん、AもBもCもみんな死んで地獄へ行ってるな。わしも死んだら地獄行やな」

「Oちゃんは天国か地獄か？」

「もちろん天国ですよ」

「いや天国へ行ったら友達おらんよ。地獄においで」

ほほえましい会話だが、すべて幻想である。真実は天国も地獄もない。肉体が滅びれば個体は消える。グレイトライフに戻る。


今の時期、わが家の庭は紫陽花が花盛り。毎年毎年、私は何もしていないが、2色の大輪を咲かす。十日ほどで花は枯れて葉っぱだけになる。その葉っぱもそのうちに朽ち果てる。

そう、我々が見ている花は人間一人一人、もっと広く言えば生物一つ一つ、顔も違えば色も異なる。時が来れば姿を消す。しかし、根っこは残っていて、翌年新たな個体を生む。その繰り返しである。その根っここそグレイトライフなのだ。

（グレイトライフ　3）

グレイトライフは光だ
光をプリズムを通せば
虹が見える
虹は生命だ
森羅万象のスペクトル
プリズムの役割を果たすのは
愛だ！

（コイン）

表は今を自由に生きろ
裏は他者の為に生きろ

（ゴーギャンの遺言）

Who am I?
What is this me?
Sure enough, I am
And currently
Become not
But whence?
How?
Whereto?

（ゴッホの愛）

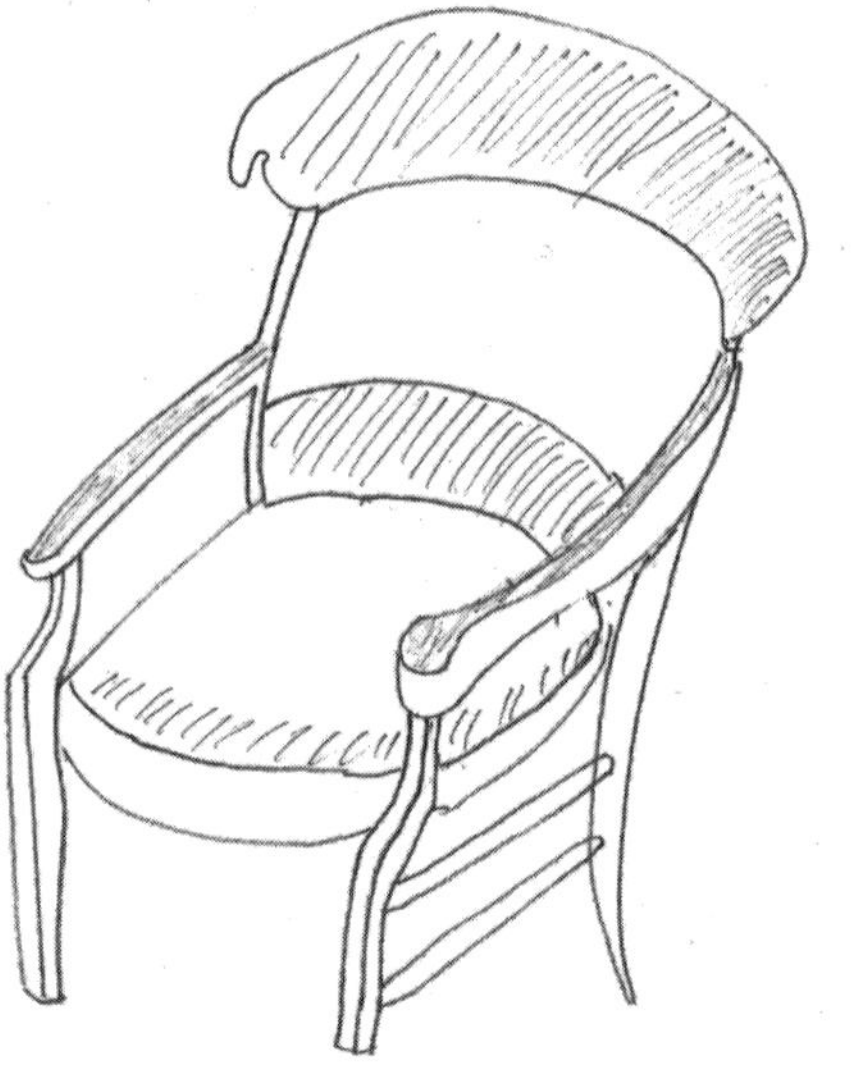

（シンギュラリティ）

プーチンよ！　今だけだ　戦争ができるのは
そのうちＡＩによって人類は滅ぼされる！

（シンクロニシティ）

真っ暗な早朝の寒気を思いっきり吸い込んだ
私の頭の中に　ふっと思い浮かんだ姿
自転車に乗ってふらつきながら懸命にこぐ老女
久しく会ってないなぁ！
角を曲がった瞬間　目に飛び込んできた老女
私の思いが通じたのか⁉
その時「クリスマスキャロル」の幸福のワインを
飲んだような気分になった

（チョウバエの冒険）

子供のヒトコブラクダのような山がある。
大草原を歩いて行くとこんもり盛り上がった尾根がある。
その丘をずっと歩いていくと大きな深い谷がある。
谷を降りていくと繁みとなりやがて森になる。
森を抜けると湿地帯が広がり泉が見えてくる。
この泉は枯れることがないという。
この泉は〝生命の泉〟と呼ばれすべての生物の源。
生命の泉を進むと火山のくぼ地に出会う。
何万年も前に噴火してカルデラになっている。
休火山であり、時々噴火することもある。
カルデラを通り越すと再び森になる。
乾いた森。

その森を抜けると大草原が広がる。
とめどなく広い銀河のような大草原。
はるか彼方にかすむトロイデの山。
なだらかな稜線が大草原と結びつく。
大草原の真ん中をハーフパイプのような道が果てしなく続く。
そしてその先にはあのヒトコブラクダがそそり立つのだ。

（ハエトリグモ）

ハエトリグモはどうやって生きているの？
サッシの汚れ！
カーペットのほこり？
眼には見えないダニ？
この環境がハエトリグモを生かしているのかも！
除菌は環境破壊
ハエトリグモの命取り

（バブル）

かつてバブルといううねりがあった
わが団地にもその波は押し寄せた
わが家の近所に億宅があった
その時わが家を売れば数千万円のお金が
とらぬ狸のなんとやら
今思えば売らなくて良かった！
今頃とうに費えたお金の幻に心は破れ
この空　この自然　この安寧は
手に入らなかったろう

（ブラームスの手紙）

苦労しないで真の想像なんてありえないんだよ
作曲は発明だといわれることもある。でも、それは
むしろ考案とかアイデアとかいうべきで、要するに
天から降ってくるインスピレーションだ。僕の手柄
でもないし、それについては責任もとれない。
だって授かり物だからね。だから苦労して自分のものに
するまでは適当にあしらっておくほうがいいんだよ。焦る
ことはない。とうもろこしの種みたいなもので、こちらが
どう思おうが成長するものは成長する……

（ブラームスからジョージ・ヘンシェル）
（１８７６．２．27ヴィースバーデンにて）

（ボキャブラリー）

最近の与党の政治家はボキャブラリーが貧素だ

異次元
加速化

自分で考えたものではなかろう
霞が関のゴーストライターが描いた原稿
霞が関は巨大な電通だ

（ホモサピエンス）

人類の祖先は７００万年前に誕生したという
最後に残ったのはネアンデルタール人とホモサピエンス
ネアンデルタールは体力に優れていたが、宗教を持たなかった
ホモサピエンスは体力こそネアンデルタールに劣っていたが
宗教を持っていた

（マイワード）

神林（しんりん）～熊楠の言葉。森は一つの生き物、生態。林中裸像

神音（しんおん）～虫の音、鳥の声、カエルの鳴き声、ひぐらしの声、
自然のオケ

神象（しんしょう）～紫雲のたなびき、明星の輝き、稲のシルエット、稲の汗、
滝、赤ん坊

神香（しんこう）～稲のにおい、花の香

神触（しんしょく）～稲の水滴の冷たさ、エノコログサ、赤ん坊

（ロップス先生の教え）

本能のままに
ブタのように
生きよ！

（愛）

一人の人間を愛しつくさずして
どうして万物への愛を解くことができようか！

（愛しきもの）

眼に入れても痛くないというのが昔の表現
今はなめまわしたい程愛おしいと表す

（愛の調べ）

ベートーヴェン「ピアノ協奏曲」第五番「皇帝」第二楽章
これほど恋心を歌った旋律はあるだろうか？
これほど恋の切なさを歌った調べはあるだろうか？
これほど恋の苦しさを歌った音楽はあるだろうか？

Piano Concerto No. 5 in Eb Major, Op. 73 "Emperor"

（マエストロ）

レニー、あなたはマーラーになりたかったんですね！

※レニー〜レナード・バーンスタイン

（愛撫　1）

君の指を
君の肩を
君の項を
君の頬を
君の耳たぶを
君の胸を
君の臀部を
君のすべてを
なめたい！
全身舌になって

（愛撫　2）

「唇が丘陵と叢淵の上を奔馬のように駆けめぐる」
松本清張『神々の乱心（上）』（文春文庫）

（握手）

私は書いた
本を書いた
二冊目の本を書いた
会社の二人の顧問
1人目は3年前の1冊目で書いた
でも渡せなかった
2人目は昨年2冊目で書いた
やっと渡せることができた
かたい握手
90歳の老人の手は僕の手を離さなかった

（「異次元」の少子化対策）

2022年出生数が80万人を切った。政府機関の予測より8年早いとマスコミ各社がサラッと報じる。さらに国立社会保障・人口問題研究所は今から30年後2053年には1億人を割り込むと推計している。

日本人は分析は得意だが、問題解決は苦手だ。

2001～2006年の小泉・竹中政権による雇用形態の改変は非正規雇用を製造業にまで広げるという暴挙を行い、新自由主義の美名のもとに、強者、大企業、富裕層を優遇した。

それによりネットカフェ難民に代表される大量のプア層を生んだ。

人口も2008年をピークに経済の縮小と比例して少子化を加速させた。第3次ベビーブームは来ず、もちろん第4次ベビーブーム（2020～2025）も来るどころか、減少に拍車をかけた。

今こそ移民政策の見直しを図るべきだ。移民受け入れこそ21世紀の日本を救う唯一の方法だ。アメリカを見ればよい！　シンガポールを見ればよい！　成功している国はみな移民を積極的に受け入れた国である。何でもアメリカの後追いする日本、移民政策を学べばよい。

江戸時代250年間、鎖国を続けた日本、案外現代も続いているのではないか。

移民受け入れは、経済問題、少子化問題、安全保障問題などを一挙に解決する魔法のような政策だ。

（宇宙）

眼に見えるもの５％
眼に見えないもの95％
あなたは正体不明
あなたはどこまで膨張するの？
１３８億年前の小さな点
あっという間のインフレーション
火の玉のような世界　熱いビッグバン
素粒子が生まれて見える世界を作る
反素粒子が生まれて見えない世界を作る
インスタントラーメンが出来る時間で
やがて原子の出来上がり！

（雨と月）

そぼ降る雨の雲間より
出でたる望月
汝が幼き相好に似たり
お嫁に行くときはお馬に揺られて
濡れていく

（永遠）

キンモクセイの香り
サクラの花の美しさ
三日月と木星のランデブー
あっという間の逢瀬
巡りくる再会は
永遠へとつながる

（加太で拾った2個の石）

加太の海岸を埋め尽くす無数の石
無数の石ころはグレイトライフだ
私はその中から2個の石を取り上げた
まあるいまあるい石
何年かかってこんなになったの？
気の遠くなるような時間
何処から来たの？
ここにずっといたの？
無数の石ころの世界
僕たちは出会った！
僕たちの関係はこの世界に顕現した

（皆既月食）

４４２年ぶりだ？　何を喜んでいるんだ
月食がそんなに珍しいか？　惑星食がそんなに珍しいか？
もっと他を観てやれよ！
毎日毎日磨きをかけてショーをやってるよ
オリオンも北斗七星も
木星も金星も
彼らを１日でもいいからニュースにしてやれよ
あの神々しいまでの輝きを世間さまに
知らせてやれよ
俺は花　ほかの奴らは葉っぱや茎や根っこ
葉っぱや茎や根っこがないと花は咲かないよ
そのことを早く分かってやれよ

人間ども俺はもう君らの馬鹿さ加減についていけないよ

（革命）

馬のしっぽ
1本ずつ抜いていく
最後の1本を抜く
そして何も無くなった

（観音さま）

或る日の午後、極楽の生命の海で観音さまが釣りをされておられました
海の中にはいろんな命の元が泳いでいます
人もいれば、獣もいれば、鳥もいれば、魚もいれば、ミジンコもいれば、
ウイルスもいる
観音さまはその一つ一つを釣り上げて命を形にしあの世に送り込むのです
あの世では父と母に見守られ命は赤ん坊として生まれてくる
生まれた瞬間、観音さまはにっこり微笑まれるのです

（奇跡　Ⅰ）

１９２３年９月１日に起きた関東大震災は東京市を灰燼に帰し、10万余の命を奪った。

しかし、神田の佐久間町と和泉町の１６００余りの住居は消失を免れた。住民らの必死の消火活動の賜物だ。直ぐ近くを流れる隅田川からのバケツリレーが功を奏したのである。

後年、この「奇跡」は古川ロッパ一座が演じるレコード付紙芝居となり、全国の人々に住民の一致団結する大切さを伝えた。団結心・勇気があれば大火をも止める。こんな神話が全国に流布された。実際にはすぐ近くに隅田川があり消火に有利な条件が整っていたことを重視せず、精神論に帰結し非科学的行動を礼賛したのである。この奇跡譚は来る空襲に備えるための国民行動の手本とされた。そして１９４５年３月10日、東京は米軍の空襲により再び灰燼と帰したのだ。しかし佐久間町や和泉町のような奇跡は起こらなかった。

（奇跡 Ⅱ）

数年前にわが家の荒野に赤いチューリップが1本咲いたときは本当に奇跡だと思いました。

今年、1年前にもらったヒヤシンスに葉と花が出てきたことは、キリストの復活のようだった。

今朝、ウォーキング中に傷だらけの100円玉をまた拾いました。またというのは1ヶ月前に拾っていたからです。

特に落ちているお金を探しながら歩いている訳ではないが、目と目が合ったというか、ユングの黄金虫のようなものです。

（恐怖！）

カラスは真っ白！
そう思う人はいまい
けれど毎日唱えさせられていると
そのうち本当にカラスは真っ白と
思うようになる

（警鐘！）

Big Brother is watching you.

※ジョージ・オーウェルの小説『１９８４年』より

（血）

私の母方の祖父は私が生まれて数か月で世を去った
祖父は結構遊び人だったらしい
母が小さい頃、祖父が花街に繰り出すのを何度も
見送ったことがあると言う
祖父は踊りをたしなみ字も上手かったそうな
そういえば母も字が上手い
私は踊りはやらないし、字もそんなに上手くない
受け継いでいるものがあるとすれば……

（月の光　１）

いつもウォーキングする途中にあるお地蔵さん
以前はうす暗い中に立っていてよく見えなかった
近くの電柱の照明がＬＥＤになりよく見えるようになった
しかし今朝の明るさは普通じゃない！
まるでステージに立っているようだ　眩いほど輝いて
ふと空を見上げると　そこにお月さんがいた

（月の光　2）

祠の近くの電柱に取り付けられた照明
ＬＥＤに替えてもらいとても明るいが
お地蔵さんの入り口に飾ってある
花瓶までは届かない
でも今朝は花瓶の花が良く見える
思わず電柱を振り返るが、いつもと変わらない
その時、「私よ！」という声がした
見上げると満月が輝いていた

（幸せ）

幸せはジグソーパズル
苦労して苦労して
ピースを埋めても埋めても
不安定
早く糊を塗布して
フレームに閉じ込めよう！

（高野）

ある夏の午後　高野の街に　耳をつんざくような
雷鳴が轟いた　大粒の雨と共に
高野の僧は言う
こういう日は大師がお山におられると
壇上伽藍の金堂で暫しの雨宿り
雨が上がり　奥の院の森を歩く
その時　雲間からもれいでたる
神光が森をおおった
大師の光
我々に見せた御姿
確かに御座《おまし》ました

（高野の奇跡）

春
「見て！　見て！」と桜の花が訴えると僧が言う

夏
大音声の落雷に大師の気配
大粒の雨があがり　黄金の虹が出て
森の中に大師あらわる

秋
石庭の海　紅葉映し　龍が躍る

冬

しんしんと降り積もる雪
何も聞こえず
ただ理趣経の声明のみ

（今を生きる）

インディオに昨日はない
インディオに明日はない
インディオに年齢はない
インディオには今しかない

（再会）

青虫より
育てしアゲハ
朝陽うけ
網戸に映りし
影に身をおこす

（最後のピース）

こんなところに落ちていたんだね
何十年も歩き続けやっと見つけたよ
ジグソーパズルの最後の一片
白いお腹を見せた君はまだ信じられない
腰をかがめ右手にとり裏返す
君だ、やはり君だ、間違いない
このひらめき
やっと会えたね
どれだけ君を探したことか分からない
何十年も探し続けたんだ
こんなところに落ちていたなんて
会えてよかった

あきらめずに歩き続けて良かった

（春陽）

春陽は命を届け
よちよち歩きの幼子は走りまわる
春陽は命を届け
桜の花を満開にする
春陽は命を届け
とびが大きく宙に舞う
春陽は命を届け
振り袖のお嬢さんをきれいにする

春陽は命を届け
高らかに若人の歌声が響く
春陽は命を届け
愛しき人は百花を愛でる

（順子ちゃんを偲んで）

あなたは何処へ行ったのですか？
いいえ何処へも行っていません
私たちの直ぐ傍にいますよね
ただ姿を変えただけ、水のように
水は液体となり普段はどんな形にも変えられる
そして熱き情熱を発して蒸気となって宙に舞い
雲を形作る
やがてあなたは雨となって万物を濡らし生命を育む
そうあなたは今、生命の雲にいるんですね
今度、いつ地上に降りて来る？

（象徴）

ゴッホの
烏のいる麦畑
紀泉台の
蝙蝠のいる瑞穂

（心の灯）

わが家の近くに教会がある。キリスト教のどんな宗派か知らないがもう出来て20年以上は経つだろう。

白いチャペルの玄関に絵本に出てきそうな門灯が二つかけられている。

この門灯を近くで見ると鉄の枠にステンドグラスをはめ込んだなかなかしっかりした作りでオレンジの光を放つ。

ところが1年に1回くらいの頻度で片方が切れる。おそらくLEDではないのだろう。教会には神父さんが住んでいるので直ぐにランプ交換をするはずだが、様子を見ていると1週間ほど放置されたままである。

迷える子羊達は本当に迷ってしまう。

そこで私はお節介にも「電球が切れています」と切れている方の門灯にセロハンテープで貼り付けてやります。それでも1日くらいそのままの時がある。

神父さんに気づいてもらい灯が復活しオレンジ色の光を見たとき安堵する。

心の灯なのだから教会の門灯はいつも輝いていないとね！

（真言）

大般若経の転読の風に吹かれて
６００巻の経文から
４８０万語が飛び出して
観音様に降りかかる
観音様の１０００本の手が
次から次へと捕まえる
そして最後の文字を捕まえると
２６２文字の般若心経をお唱えになった

（真実　1）

真実は氷山の一角
見えている部分ではありません
真実は海面の下
大きな深い意味がある

（真実　2）

「真実は神の如し」
（免田栄）

（神）

神は宗教画のような人格的な存在ではない
神とは非人道的な宇宙の秩序であり
宇宙の調和を保つ見事な法則である

（神仏に託すこと）

ある日の出来事

私はルーティンの早朝ウォーキングをしていた。いつものコース。

坂道のパン屋さんに差し掛かると何気なく下を向いた。

その時ヘッドライトは白く光る丸状の物体を照らし出していた。

傷だらけの１００円玉。私は心の中で拳を握った。

１００円玉をポケットに落とし込み
しばらく歩くとお地蔵さんの祠が見えてきた。

ふと思った。

この１００円玉を落とした人はさぞかし悔しがっていることだろう！

私の心にこの１００円玉をお地蔵さんのお賽銭にし、落とした人に幸せが来るようお祈りしようという目論見が芽生えた。

（神林）

千百年来斧斤を入れざりし神林は、諸草木相互の関係ははなはだ密接錯雑致し、近ごろはエコロジーと申し、この相互の関係を研究する特種専門の学問さえ出で来たりおることに御座候

南方熊楠から和歌山県知事川村竹治宛の手紙

1911．11．19

(進歩?　変革)

ペストが農奴を解放したように
コレラが産業革命を後押ししたように
コロナがＡＩ革命を推進する

（人差し指）

あなたと僕は電車の中
あなたは座り僕は立っていた
乗ってからずっとあなたは僕の右手を握り
人差し指をそっと口に含んだ
窓の向こうに夕暮れの景色が流れていた

あなたと僕は車の中
僕が運転士あなたは隣の席
突然あなたは僕の左手を取り
人差し指を口に含んだ
生温かいぬくもりに脳天に稲妻が走った
僕とあなたは1本の手になった

（人生の目標）

1. 子孫を残す
2. 永遠のパートナーを見つける
3. 他者のために生きる

（人生はコイン！）

片面は
かけがえのない唯一の命
片面は
グレイトライフから生まれたみんな同じ命

（水になれ！）

Be water！

（ブルース・リー）

（杉原千畝は花）

杉原だけがユダヤ人救済の英雄となっているが
実はその裏に大勢の人々そして歴史的背景が
関わっている。
それらを無視して杉原の栄光を強調することは
間違っている。
杉原自身も望んでいないでしょう。
杉原千畝はいわば花なのだ。

（世界は一つ）

量子のもつれは実相なり
実相はグレイトライフなり
グレイトライフは愛なり

（生かされている！）

われわれは生まれることも死ぬこともない
ただ水のように形を変えて生かされているだけ

（生命＝水）

生命は水だよ
水は色んな形に姿を変える
水は蒸発して水蒸気に
水蒸気は天に上って雲になる
雲からやがて雨となって地上に降る
地上に下りた雨粒は色んな形に姿をかえる
色んな形って？
たとえば人間だよ
あらゆる生命＝生物だよ
水は生命だよ

（赤ん坊）

赤ん坊　覗く二人の　笑顔かな

（雪）

何十年ぶりに積もった雪
童心にかえり雪だるまをつくる
最初は冷たくて続けられそうにない
でも一心不乱に丸めていると
その冷たさは感じなくなる
出来上がった雪だるまを見て
お地蔵さんだねと言われた

（雪だるま）

善意は善意を生み善意の雪だるまとなる
悪意は悪意を生み悪意の雪だるまとなる

（戦争）

「戦争は廊下の奥に立っていた」（渡辺白泉）

（中村裕『疾走する俳句　白泉句集を読む』春陽堂書店）

（属国）

帝銀事件
統一教会
防衛費2倍
真相の元は同じだ
日本はアメリカに翻弄されている

（存在）

すべては振動している！

（太極図）

ペ
定
不

不
性
ゲ

知

可
コ

確
釈

イ
理
ー

原

性
ン
解

ン

（対話　1）

僕たちは対話をして生きる
人と自然と芸術と
中国の蔡邕《さいよう》は
「書は自然に肇る」と言う
天石東村は
「私たちが画や書を書く指一本でも、大自然のいのちのつながりが
あって動くのです」と言う
そう我々には対話をしなければ「真実」を描けないのだ、語れないのだ
（天石東村『書のこころ』東京書籍）

（対話　2）

郵便局で大雪談義。雪だるま作ったとか作らなかったとか
みんな雪だるまに見える

通院先で真面目な先生とおちゃめな看護士さん
僕の半袖姿に大盛り上がり
「いつも半袖なんですか？」
と丸い笑顔で聞いたものだ

得意先の50周年式典で改めて代表の跡継ぎの息子さんの名前を見る
僕の1字が入っていた
「僕の漢字と同じですね」
「父から1字頂いたと聞いてます」

異業種交流会で高知の女の子に会った
高知弁が新鮮だった
坂本龍馬の話に花が咲く

車の中で彼女は言う
「心の中で夫はあなただけ」

（大海の何たるかを知らず）

偶然はなくすべては必然と人は言い放つ
でも人間はそんな不遜になっていいものか
人知はそんなに偉いのか
たった一つのことが分かったからって全てを
把握したと錯覚を起こす
真実の海で泳ぐ1匹の魚の生態を
解明したからと言って全ての魚がそうだと言えまい
況や他の生き物をや
人間は真実という大海原の海岸で1匹の
カニとたわむる幼子
大海の何たるかを知らず

（大日如来）

あなたはそんな姿はしていない
人差し指を立てて印など結んでいない
あなたの姿を誰も見たことがない
昼間の星のように
でもあなたは間違いなく輝いているのが分かるのです
地上の生物を生かす酸素のように
海や川の生物を生かす水のように
最も確かなエビデンスはあなたの一部である
私が感じる
これ以上のエビデンスは存在しない

（第2の敗戦）

太平洋戦争＝ジャニー喜多川性加害事件

米軍＝ＢＢＣ

（天神の海）

天神崎に立ち太平洋を眺め、ふと足元を見る
小さな水たまり　潮の満曳に翻弄され　今は小休止
小安寧　水たまり？　本当にそうか！　あの大海と同じではないか
屈んでみた
その小さき世界に大海と同じ生き物がいた
私は啓示を受けた　この水たまりは私だ
あの大海は宇宙だ

（天命を知る）

The two most important days in your life are the day you are born and the day you find out why.

Mark Twain

（都道府県別文化指数）

各都道府県の文化程度は、地元新聞社の社屋の大きさに比例する。

（南部の磯部にて）

レストランの順番を待つ間に海岸を散歩した
海岸に降りた途端、流木と発泡スチロールとプラスチック
片方の運動靴、片方の手袋が押し寄せてきた
行く手を阻むように横たわる真砂
踊る波に誘われて無理して進む
波の音が近づくにつれ自らの存在をアピールするかのような音
石ころの大群だ
形は千差万別、だがどの石も表面がつるつるである
気の遠くなるような旅路の果てに辿り着いた磯
みんな肩を寄せ合いひしめき合っている
私はその中の白っぽい平らな楕円形のつるつるの石を取り上げた
私がこんなに丸くなるのはいつの日か？

（2度目の収穫）

規則的に並んだ短いサギの足
吹きすさぶ寒風にすっくと立つ
忘れ去られた命のあと
冷たい土から伸びてきた命の息吹
空に向かってまっしぐらに進んでいく
新たな実を宿して
どっこい私は生きている

（浜の真砂）

YouTubeでB級映画を観た。いいねが1000人。
10倍して視聴者は高々1万人。
アバターのように何億人と観られる映画もあるというのに
こんな映画観た人だって何ヶ月か先には忘れている。
なのに映画に関わったすべての人々が真剣だ。
みんなこの映画を一番だと思っている。
なんでもそうだ。
ダ・ヴィンチやベートーヴェンは殆どの人が知っている。
でもその時代には今では埋もれてしまった芸術家は山といる。
我々が知らないだけだ。確かに存在した。
浜の真砂は延々と続いている。
果たして我々は半径何cmの世界を知っているというのか？

（不老不死）

君は何処から来たの？
８ミリほどの身体でも足がいっぱい
まるで宇宙人のよう
君は不老不死
君は何処から来たの？

（夫婦烏）

夫婦烏　そぼ降る雨の　欄干に

高野の大師　遥かに望む

（浮老浮死／ふ老ふ死／ふろうふし）

フワフワ　フワフワ　君は泳いでいる
フワフワ　フワフワ　君は漂っている
秦の帝が徐福に命じた永遠の命
まさかこんなに小さいとは思いもよらず
フワフワ　フワフワ　君は頬を赤くし
フワフワ　フワフワ　君は徐福を見たんだね

（平和の秘訣）

敵を作らない！
仲良くすることではない！

（歩く）

『七人の侍』の加東大介は
「侍は走れなくなったら死ぬときだ」と言う。
私は言おう。
「歩けなくなったら死ぬときだ」

（本物）

五郎さんは言う
アートは実物を見ないと！
いくらきれいな印刷でも本当の色や質感は出ない
確かに自然もそうだ！
フェニックス大褶曲は写真で見てもすごいが
実物を見るとはるかに圧倒される
じゃあ眼に見えるものがすべてか？
とんでもない！
私たちが眼にする宇宙はたったの５％
あとの95％は存在するが不可視
もっと不可解なのは素粒子と反素粒子
ということは実際私たちが見ている世界というのは

ひょっとして5%の世界なのかも
太陽の光は私たちに暖かさを提供するが何の変哲もない
白い光だ
ところがプリズムを通すと七色の虹が現れる
私たちはアートにしろ自然にしろ5%だけ見るのではなく
あとの95%を探り想像しなければならない

（夢　1）

夢を見た
郷里出身の俳優Kが駅に立っていた
私を見かけると微笑みを浮かべて近づいてきた
僕たちはベンチに座った
知らない間に俳優仲間が集まっていた
一つのベンチで重なるように皆んなが座った
誰かが私の手を握ってきた、Kだ
Kはやがて親友Tになった
そしてやがてTは……

（夢　2）

田舎の駅
懐かしい顔
帰りの電車がプラットフォームに滑り込む
扉が開いて何人かが乗り込んだ
私も乗らないといけない
でもこの電車でいいのか？
思い悩みながらも乗り込んだ
必死に行き先をチェックする
違うような気がする
私は扉が閉まる瞬間に飛び降りた
やはりあの電車ではない！
知人たちの笑顔がそこにはあった

忘れ物！
私は忘れ物をしていた
宿泊先に戻り必死に探す
無い！
探し物が出てこない
何処に置き忘れたのか？
私は探し続ける

（名前！）

ただ君の名前を呼んでみたいときがある

（命の長さランキング）

ホッキョククジラ
アラメタケ
ホンカワシンジュガイ
ニシオンデンザメ
チューブワーム
アイスランドガイ
ツノサンゴ
ガラス海綿類
ベニクラゲ
ヒドラ

（勿体ない）

「仏様のつくったもんに無駄なもんはない。
捨てるもんはない。
そう思って暮らしとると、いずれ物の理屈がわかってくる」
（五代音吉）

（夜空）

今日は久しぶりの快晴！
満天の星、と言いたいところだが、
ついぞ満天の星など見たことがない
想像の世界
星座は今日も変わらずそれぞれの役を完璧に
演じている
古代ギリシャの頃よりは少しは演出変えているけれど
天体望遠鏡を覗いてごらん
無数の星辰《せいしん》が出迎えてくれる
神々しい光がシャワーのように降ってくる
僕たちは知らないだけだ！
あなたのことを

（予言）

南海トラフ地震より
令和の関東大震災より
早く
ミサイルが飛んできて
日本は壊滅的な被害に
遭うだろう！
映画『月世界旅行』（1902年）→アポロ11号月面着陸（1969年）
映画『ターミネーター』（1984年）→AGIの誕生（2051年？）
※AGIとは人間の脳と同じ自ら考える力を持ったAIのこと

（落穂ひろい）

私が住む紀泉台の周りでも九月の中頃から稲刈りが始まる。
私は毎年、バインダーで綺麗に刈り取られた田んぼを歩く。
黄色くなった無数の細切れのわらが横たわっている。
そんな荒野に黄金の稲穂が落ちていることが珍しくない。
切り刻まれた仲間たちの間に奇跡的に生き残っているのである。
今日も３本拾い上げた。
折角頂いた命、無駄にはさせたくない。

（流れ星）

オリオン座流星群を見そこねた
…………………………
半月たってオリオンのあけぼのに
一筋の光が過ぎった
のこり福かなと一瞬願いを込める
正直言って願いなんてどうでもよい
出会えたことが大切なんだ
人の命は流れ星のように一瞬だ
だから出会えたことが大切なんだ

（量的変化から質的変化へ）

第1章　アゲハ蝶の場合

卵

↓

黒い幼虫

↓

緑の幼虫

↓

成虫（アゲハ）

第2章　日本国の場合

2013．12　特定秘密保護法成立

↓

2014.7　集団的自衛権の行使容認　閣議決定

↓

2015.9　安全保障関連法成立

↓

2017.6　「共謀罪」構成要件を改定

↓

2021.12　台湾有事は日本有事発言

↓

2022.3　「核共有」発言

（鈴木大拙の言葉）

一本の樹木の存在にも、永劫の生命を感じる。
こういう大自然の中にいると、樹木も私も同じ生命を持っているという
一体感がわきあがってくる。

散歩をしていても、このねじまがった木になってみたら
どんなにかおもしろかろうかと思うと、新しい感慨が
起こるのを禁じえない。

（『鈴木大拙全集』（増補新版）第35巻 303ページ、岩波書店）

（歴史）

「れきしって何なの？」

「人や事物の移り変わりやそれらを記録したものだよ」

「最近の政府の発表は大本営発表と同じだと言われるね大本営発表は虚報ばかりだという意味で。そういえば最近、大本営発表の資料が出てきたんですね？」

「そうだよ、廣石中佐が太平洋戦争の開戦から終戦までの大本営発表の原稿をすべて保管していたんだ。第一級の史料だね。こういう史料に基づいて後世の人々が歴史を書くんだ」

「定説とされる歴史的事件が本当はなかったんだとかいう人々がいるね。どうしてあんなこと言うのかな？」

「それはね、彼らが史料に基づいて主張していないからだよ。

自分たちの信条や考えで物を言ってるんだ。歴史というのは後世の人が語るというより、史料が語るんだ」

「客観性が大事なんだね。学問だもんね。芸術でも、例えば絵画で贋作ってあるでしょ。ある画家を真似てそっくりに描かれたもの。世界の有名な美術館博物館でもいっぱい騙されているらしい。ロンドンのナショナル・ギャラリーの地下室には沢山所蔵しているそうです。それだけで展示会が開けるほど！　贋作も作品という一つの史料ですね。真眼を持った専門家にはすぐ見破られてしまう」

「そうだね。史料にも偽物が沢山ある。気を付けないとね。さっきの大本営発表原稿が第一級と言ったのは、史料として信用性が第一級だということだよ。こういう史料を山のようにある史料から探し出して歴史を書かないといけないんだ」

中岡　俊明（なかおか としあき）

1953年和歌山県生まれ。和歌山大学経済学部卒業。2023年まで和歌山パナシステム株式会社取締役会長を務める。ボランティアとして和歌山キワニスクラブで16年にわたり活動中。
執筆活動は2019年出版『和歌山市の昭和』（樹林舎）の中で「戦時体制下の人びと」を担当。2019年『智慧と慈悲』、2022年『電話のベルは幸せの鐘』を自費出版。

This is haunting!（これぞ心に残る！）

2024年4月17日　第1刷発行

著　者　　中岡俊明

発行人　　大杉　剛
発行所　　株式会社 風詠社
〒553-0001　大阪市福島区海老江5-2-2 大拓ビル5 - 7階
Tel 06（6136）8657　https://fueisha.com/
発売元　　株式会社 星雲社（共同出版社・流通責任出版社）
〒112-0005　東京都文京区水道1-3-30
Tel 03（3868）3275
印刷・製本　シナノ印刷株式会社

ISBN978-4-434-33906-6 C0095